AF405001

LA BATAILLE

DES PYRAMIDES,

OU

ZANOUBÉ ET FLORICOURT,

OPÉRA-MÉLODRAME

EN QUATRE ACTES,

La Musique est de M. Jommcry,

M. Aumer a composé les Ballets, et M. Eugène Hue a dirigé l'action.

Représentée, pour la première fois, sur le théâtre de la porte Saint-Martin, le 28 germinal an 11.

A PARIS,

Chez Barba, Libraire, Palais du Tribunat, galerie derrière le théâtre Français de la République, n°. 51.

An XI. (1803.)

PERSONNAGES.   ACTEURS

PERSONNAGES.	ACTEURS
MOUSTAPHA, père de Zanoubé.	M. *Vallière.*
ZANOUBÉ.	Mad. *Guesnet.*
OUORDI, vieille coquette.	Mad. *Auvray.*
FLORICOURT, français.	M. *Vigny.*
GIORGINO, son ami.	Mad. *Bailly.*
IBRAHIM, Kesnadar de Mourat-bey.	M. *Révalar.*
UN AIDE-DE-CAMP.	M. *Darbouville.*
UN CHEIK arabe.	M. *Labourette.*
Chœur d'almées.	Mesd. *Peréheron, Révalar, Martin, Ro-hannio. etc.*
Deux Fellahc, ou paysans,	MM. *Delbois et Rivolle.*
LORENZO, domestique.	

ZANOUBÉ
ET FLORICOURT,
OU
LA BATAILLE DES PYRAMIDES.

ACTE PREMIER.

Le théâtre représente un sallon turc, c'est-à-dire une enceinte fort élevée, formée de trois travées, ayant un bassin et un jet d'eau dans le milieu. On apperçoit, à droite et à gauche, une portion des travées latérales et du divan qui les meuble. Un grand divan occupe la totalité de la travée du milieu. Un tapis de couleur couvre le sol. Sur chaque parvis est une large croisée dont la hauteur atteint le pafond. Elle est converte d'un grillage en bois fort serré. Les murs sont blancs. Un verset du Koran est écrit sur chaque face. Vers la moitié de la hauteur du sallon règne, dans la totalité de l'enceinte, une planche horizontale sur laquelle an a placé des porcelaines.

SCENE PREMIERE.

(Zanoubé est endormie au milieu du grand Divan. Ouordi paraît rêveuse, et profondément affligée ; elle se lève pour s'assurer si Zanoubé ne se réveille pas.)

OUORDI.

Le jour est avancé ! elle dort... Las ! peut-on dormir quand on aime ?.. Je ne fus jamais belle, grace au prophète qui a garanti ma vertu ; en revanche je fus si sage, si sage ! at ce cœur tout neuf s'est enflammé à l'aspect de Giorgino, d'un infidèle ! oh ! décrets incompréhensibles de la destinée ! oh ! puissant amour !

Le moyen de s'en défendre
Quand l'amour se fait entendre;
C'en est fait, il faut se rendre,
Et céder à son vainqueur.
On fait craindre à la jennesse
Les dangers de la tendresse,
Mais le cœur revient sans cesse
Vers l'objed de son ardeur.

Le moyen, etc.

A l'amour jeune fillette,
Ne croyez pas échapper,
S'il diffère sa conquête,
C'est pour mieux s'en assurer.
Rendez-vous jeune fillette,
Car ce dieu malin vous guette,
S'il diffère sa conquête,
C'est pour mieux s'en assurer.

Le moyen, etc.

Halla Khérim! Dieu l'a voulu.

(—Tandis qu'Ouordi chante, Zanoubé se réveille lentement; elle a entendu cette dernière phrase, et dit après s'être levée.)

Z A N O U B É, en soupirant.

Oui, il l'a voulu.

O U O R D I, va au-devant d'elle et l'embrasse.

Fatmé la grande ne fût jamais si attrayante! vous avez trop long-tems veillé cet nuit : mais je vous ai vu gouter un instant de repos.

Z A N O U B É.

Ma chère Ouordi, quel jour! et pourquoi me suis-je réveillée? les douces illusions du sommeil me retraçaient l'instant ou, à la sortie de la prière, sur le déclin du jour, je vis Floricourt pour la première fois. Je garde encore ces fleurs desséchées qu'il me présentait alors brillantes de toute leur fraicheur. Nous nous croyons seuls au milieu des regards indiscrets, et cent fois ma bouche voulut trahir le secret de mon cœur.

O U O R D I.

Ne parlons pas de cela : allons (elle frappe dans ses mains deux esclaves noirs parraissent.) que l'on apporte le café. . . ma pipe, et mon petit verre, entendez-vous? (les esclaves sortent.)

(5)

ZANOUBÉ.

Tout espoir est annéanti, c'est aujourd'hui... que je perdrai mon amant. Un lien sévère va m'unir au farouche Ibrahime ! il faut oublier celui qui eût fait mon bonheur.

OUORDI.

Que je vous plains ! on compatit aux maux que l'on éprouve ; mais dissipons ces chagrins. (*elle prend un koursi ou tabouret, et le pose près du bassin ; elle enlève le turban de Zanoubé, et pose sur sa tête un autre plus richement orné.*) Asseyez-vous, que je soigne votre parure. Votre père a conçu un projet louable en quittant Alep, son pays natal, pour s'établir en Égypte. Vous posséderez un jour une fortune brillante.

ZANOUBÉ, *soupire.*

Ah !

OUORDI.

Paix ! paix ! nous irons tantôt aux bains.... il se trouve souvent sur notre route.

ZANOUBÉ.

Ma chère Ouordi ! Giorgino, le fidèle ami de Floricourt, n'est pas passé ce matin sous notre balcon ?

OUORDI, *en soupirant.*

Hélas ! non.

ZANOUBE.

Il sait que c'est aujourd'hui... je suis peut-être oubliée.
(Plusieurs esclaves entrent en apportant des tasses placées dans des coquetiers de métal doré ; elles portent une longue pipe, une petite assiette en cuivre, sur laquelle est, avec la caffetière, un charbon allumé ; elles présentent une serviette avec des franches, et des broderies en couleur. Elles baisent la main de Zanoubé, et en la portant ensuite à leur front. Zanonbé s'asseoit sur le divan : on lui présente une robe très-riche qu'elle met de suite. Les esclaves se rangent à droite et à gauche du théâtre, ayant leurs robes rapprochées sur le devant, et les mains coisées dessous leur poitrine.)

OUORDI.

Votre père vous comble de présens ! C'est un musulman bien respectable ! Il chérit l'argent.... mais il n'épargne rien pour son aimable fille.

ZANOUBE.

, Rien ! excepté...

OUORDI, *en l'interrompant brusquement.*

Cela ne se peut pas. Dissipez-vous : répétez nous l'arriette

(*à l'oreille de Zanoubé*) que Giorgino nous a fait parvenir.

ZANOUBE.

Je le veux bien...

AIR.

En un jour la fleur nouvelle
Brille et cesse de charmer,
S'il se peut, soyez moins belle,
Mais sachez toujours aimer.
Ajoutez à l'existence
Un bonheur trop précieux,
La beauté sans la constance
N'est plus un présent des dieux.

OUORDI.

Que cela est bien chanté !... mais... j'oubliais les petits eunuques d'Abyssinie, dont Moustapha a fait emplette : qu'on les fasse monter. Je prétends que vous ne vous livriez pas à une mélancolie déraisonnable.. Ces marmots-là exécutaient hier une danse de leur pays tout-à-fait amusante. (*une esclave sort.*) Servez-nous du café. (*les esclaves approchent du divan.*) De l'eau de rose ! (*elle en versent sur les mains d'Ouordi, en jette avec des flacons, dont le bouchon est percé, elle présentent ensuite la serviette brodée pour s'essuyer.*) Ma pipe ? (*une esclave l'allume avec le charbon qui est sur la soucoupe, elle l'essaie pour la présenter à Ouardi.*) Un petit verre d'arakhi.

ZANOUBE.

Mais Onourdi ?...

OUORDI.

C'est un bien petit péché que le prophète pardonnera pour récompense de ma longue vertu. (*on lui verse de l'eau-de-vie.*) Voici nos danseurs ; faites place. (*aux esclaves.*) Rangez-vous. (*les eunuques noirs baisent la main d'Onordi ; celle-ci dit à chacun en les frappant légèrement sur les épaules.*) Salamet ! salamet !

(Les eunuques noirs exécutent une danse de caractère autour du bassin. Le plus grand nombre des tableaux de cette danse consiste dans des tours de force, et des grouppes bizarres, et difficiles.)

UN ESCLAVE, *à Ouordi.*

Un almée des Francs demandent à vous parler.

OUORDI.

Tant mieux ! qu'elle entre. Nous ne saurions trop multiplié nos amusemens aujourdhui.

(L'esclave introduit une femme voilée , qui baise la main à Ouordi,
et a Zanoubé, et se range ensuite auprès des esclaves. Les eunuques
noirs continuent de danser. L'inconnue s'avance au milieu d'eux, et
chante une barcarole , qu'ils accompagnent avec la danse.)

L'INCONNUE.

(Dès que l'inconnue commence à chanter, Ouordi et Zanoubé mar-
quent par des gestes leur surprise. Elles se lèvent ensuite , et s'a-
vancent sur la scène.)

> Sior zanetto
> Xé auda' in ghetto,
> Per comprarse un o eletto.
> Soa moïer l'ha fattò becco,
> Per un' ala de cappon.
> Sior zanetto
> Xé auda'inghetto ,
> Per comprarse una perrucca,
> Uh che testa mamalucca ,
> Che baraw la mincion !
> Eno' ghe dixi baraccola,
> Perche' 'l magna quando ciaccola
> Eno' ghe dixi baraccola
> Ch'elw tira un cospetton !
> Che bel visin !
> M'ha robato la coresin !
> Espero che un zorno,
> Andremo à Livorno
> Col tallirullera ,
> Col kikkiriki,
> Joli' , joli' , viola
> Ciombola , ciombola vien da mi.

OUORDI, *à l'oreille de Zanoubé.*

C'est lui-même. (*aux esclaves , et aux eunuques noirs.*)
Retirez-vous . . . Ne laissez entrer qui que ce soit dans le
harim sans l'ordre de Zanoubé. Personne , entendez-vous ?
personne.

OUORDI, *à l'Inconnue.*

Quoi , Giorgino !

ZANOUBE.

Giorgino !

OUORDI.

Oui , c'est ce petit téméraire qui s'expose à des dangers
semblables.

GIORGINO, *en ôtant son abaïe et son voile.*

Avant tout, voici une lettre. (*il la donne à Zanoubé.*)
Il nous faut une prompte réponse.

OUORDI, *à Zanoubé.*

Laisse-moi un instant avec ce jeune homme. Il n'osera pas
pas dire beaucoup de choses devant vous. Allez préparer
votre réponse.

ZANOUBE, *après avoir lu une portion de la lettre.*

Il m'aimera jusqu'à la mort ! je suis au comble de la
joie.   *(Zanoubé se retire.)*

SCENE II.

OUORDI ET GIORGINO.

(Giorgino aidé par Ouordi quitte son déguisement.)

OUORDI.

Maintenant il faut que je te gronde.... et beaucoup.
Comment hazarder une démarche aussi périlleuse ? comment.....

GIORGINO.

Nous n'avons pas un instant à perdre.... Mon ami....
Mon bienfaiteur ne peut voir.... dans les bras d'un autre
celle qui lui fait chérir la vie ; cet affreux sacrifice sera
consommé dans ce jour ; il fallait tout oser pour prévenir
un tel malheur.

OUORDI.

Je te comprends petit ingrat ! ce n'est donc pas pour la
tendre Ouordi, pour ton amante pasionnée que tu as péné-
tré dans ce lieu , dont tout homme est bani... Je me vengerai.
(Giorgino se jette aux pieds d'Ouordi , celli-ci résiste long-tems ; elle
 fuit sur différens points du théâtre ; Giorgino la suit en riant ; enfin,
 la serrant fortement dans ses bras, il lui demande sa grace.)

OUORDI.

Grand prophête, soutiens ma vertu ! soit, je te pardonne ;
mais je mets à ma Clémence une condition importante.

GIORGINO.

Parlez.

OUORDI.

Tu jureras par tout ce que la terre a de plus sacré.... que
tu m'aimes. . . . que tu maimeras toujours.

GIORGINO.

Ouordi ! charmante Ouordi ! le nom d'une Rose ne vous
fut pas donné sans motif. Mille jeunes femmes ambition-
neraient votre esprit séduisant, votre enjouement aimable....
Mais. . . .

OUORDI.

Eh bien ?

GIORGINO.

Vous aimer ?

(Ouordi presse Giorgino de s'expliquer : celui-ci peint tantôt son embarras , et tantôt ses regrets.)

OUORDI.

Je n'ai pas la fraîcheur du printems ; mais une fidélité à toute épreuve. . . . un amitié durable. . . .

GIORGINO, *en soupirant.*

Ah !

OUORDI.

Achève.

GIORGINO.

Vous méritez les hommages les plus flatteurs... mais que Giorgino puisse... vous tromper... qu'il puisse vous aimer... en un mot... cela ne se peut pas.

OUORDI.

Ciel ! et par quel motif ? (*La musique joue l'air : Je suis né natif de Ferrare.*) Ah ! quel désastre !

GIORGINO.

L'amitié, la générosité de la sage, de l'aimable Ouordi sera-t-elle refroidie pour moi.

OUORDI.

Ah ! quel désastre !

SCENE III.

LES PRÉCÉDENS, ZANOUBÉ.

ZANOUBÉ.

Voici ma lettre : dis-lui, mon cher Giorgino, que je me confie à sa prudence autant qu'à son amour. Un pays , des loix , des mœurs , si différentes de celles où il a été élevé , exigent des mûres réflexions avant de hazarder un projet pé-rilleux.

GIORGINO.

Pourra-t-il vous voir aujourd'hui ?

ZANOUBÉ.

Hélas ! je l'ignore ; je vais sortir pour aller au bain.

GIORGINO.

J'entends une chanteuse, un escamoteur... tout peut servir de prétexte pour vous arrêter.

La bataille   B

Z A N O U B É.

Nous traverserons la place d'Esbekir.   (*on frappe.*)

U N E S C L A V E, *en dehors.*

Sidi Moustapha.

O U O R D I.

Votre père ! Oh ! ciel. Habille toi. (*elle passe la robe et le manteau de femme que Giorgino portait.*) (*du coté de la porte.*) Tout-à-l'heure. —— On l'aime tojours un peu , ce petit frippon.

G I O R G I N O, *en souriant.*

Malgré cela , Ouordi ?

O U O R D I, *en souriant.*

Malgré cela... (*on frappe de nouveau.*) On vous dit tout-à- l'heure.

G I O R G I N O.

Point d'inquiétude ; je suis une chanteuse, et voilà ce que le papa doit savoir. (*dès que Giorgino est habillé , on ouvre la porte , et Moustapha entre.*)

M O U S T A P H A.

Quelle est cette femme ?

O U O R D I.

Vous le voyez. C'est une almée des Francs, qui s'offre pour chanter à la noce.

M O U S T A P H A.

La présence d'une infidèle souillerait ma demeure.

O U O R D I.

Il faut lui donner quelques pièces d'or, et la renvoyer.

M O U S T A P H A.

Soit. C'est le seul jour de ma vie , où je fais des largesses. (*il donne quelques pièces à Giorgino qui lui baise la main en riant. Ouordi présente sa main ; Giorgino se sauve.*) Pensez-vous que j'ai oublié de vous procurer des Almées ? vous en aurez en grand nombre ; les plus habiles sont invitées.

Z A N O U B É.

Mon père !

M O U S T A P H A.

Ma chère Zanoubé , je n'ai rien épargné pour rendre ton mariage pompeux et brillant ; malgré la sage aversion que j'ai pour la dépense, j'ai voulu célébrer cette union, avec la magnificence digne du Kesnadar du Grand Mourat.

ZANOUBÉ.

Ah ! mon père, si vous aviez consulté mon cœur !

MOUSTAPHA.

Il s'agit bien de votre cœur. Epouser un mari très-riche, qui occupe la place la plus éminente, la plus lucrative, auprès du premier seigneur de l'Egypte ; voilà le sort brillant que je vous procure... Votre cœur ?...

Je me pique de croyance
Et je suis bon musulman,
Mais j'ajoute une sentence
Aux versets de l'Alcoran.
Dans ce livre incomparable
On omit, a mon avis,
Que l'or est indispensable
Pour entrer en paradis.
A quoi servent les houris
Pour nos autres vieux transis,
Palais d'or et de rubis
Est pour moi d'un plus grand prix.
Mademoiselle, mademoiselle !
On cesse un jour d'être belle,
L'âge efface les appas !
L'argent seul ne vieillit pas.
Tout le reste est bagatelle,
L'argent seul ne veillit pas.
Je me pique, etc.

ZANOUBÉ.

Je vous demande une seule grace.

MOUSTAPHA.

Laquelle ?

ZANOUBÉ.

Celle de différer de peu de jours cette union.

MOUSTAPHA.

Cela est impossible. C'est aujourd'hui l'anniversaire de la naissance du prophéte du Neb-el-Kibir. Ibrahim ne pouvait pas en choisir un plus heureux. Les parens, les amis sont invités, et tout délai devient impossible.

ZANOUBÉ.

Daignez écouter votre fille.

MOUSTAPHA.

Je ne le puis ; ma parole est donnée ; et des avantages éminens m'engagent à la tenir. . . . . Voici les femmes de la famille de votre épouse. Je vous laisse. — Je vais chercher quelque bonne affaire qui me dédommage de cette énorme dépence. Car tout ceci est ruineux.

Z A N O U B É , *baise la main de son père ; après quil est sorti elle se jette sur le divan en s'écriant :*

Que je suis malheureuse !

O U O R D I , *se penche sur un coussin en dissant :*

Le pauvre Giorgino.

(Quelques femmes turques couvertes de leurs manteaux, entrent dans le sallon. Elles soulèvent, et jettent derrière elles le *borko*. C'est un voile étroit et long de toile blanche attaché par deux rubans qui ceignent la tête à la hauteur des yeux ; il descend par devant jusqu'à la cheville. L'abaïe, en manteau noir le cache en partie, et ne laisse appercevoir que la portion du *borko* qui couvre la figure. — Les almées suivent le cortège des femmes, elles n'ont pas de abeïe, et ne sont pas voilées. — Les femmes embrasent successivement Zanoubé. Elles se débarassent ensuite du manteau, du *borko*, et du *sebel ;* celui-ci est une autre robe de dessus, qui couvre les vêtemens des femmes, et qui est semblable à nos dominos. — Les esclaves apportent du caffé et des pipes.)

(La portion des almées qui est destinée au chant s'asseoit sur les côtés latéraux du divan. Celles qui dansent, sont sur le devant scène. Elles portent dans les deux mains des très-petites cimbales, ou castagnettes de cuivre. Ces cimbales sont passées dans le pouce, et le doigt du milieu par des cordons de soie. Chaque danseuse est pourvue de cet instrument. — Les almées qui chantent, portent sur le bras un petit tambour qui a la forme d'unchampignon, et qui est ouvert par le fond opposé à celui où la peau est tendue. — D'autres almées ont un tambour de basques. — Les almées qui dansent accompagnent avec leurs pas les ritournelles. Elles s'arrêtent lorsqu'on chante les *solo*.)

C H O E U R   D E S   A L M É E S.

Chantons la magnificence ,
Les amours et la vaillance
Du puissant Sala-Haddin
Kibidin , kibidin , ya kibidin.

U N E   A L M É E.

Enfant chéri de la victoire ,
Il dompta vingt peuples divers ,
Il ust étonner de sa gloire
Nos régions et l'univers.

U N E   S E C O N D E   A L M É E.

Mais souvent aux pieds d'une belle ,
On vit cet illustre guerrier ,
Poser sa couronne immortelle ,
Et joindre la rose aux lauriers.

C H O E U R.

Chantons , etc.

(Une Almée se lève et va au-devant de Zanoubé.)

Ah ! si ce héros formidable
Eût connu ton regard enchanteur ,
Nul objet n'eut paru plus aimable ,
Zanoubé dompterait son vainqueur.

Air :

Tendres oiseaux, qui, sous l'épais feuillage,
D'un beau printems annoncez le retour ,
Libres de soins dans votre doux ramage ,
Vous célébrez le bonheur et l'amour.
Que votre sort est bien digne d'envie !
La liberté soulage le malheur ;
Si sans jouir, il faut passer sa vie,
Laissez au moins la plainte à la douleur.

(Deux Almées se lèvent et répètent en trio ce couplet.)

CHŒUR.

Chantons la magnificence,
Les amours et la vaillance
Du puissant Sala-Haddin ,
Kibidin , kibidin , ya kibidin.

(Les almées qui chantent, ouvrent la marchent, et sortent de la scène ;
les almées qui dansent , suivent. Le surplus du cortège des femmes
s'achemine ; Zanoubé sort la dernière étant appuyée sur Ouordi ;
elle exprime par ses gestes la douleur dont elle est pénétrée. Le
chant des almées se prolonge dans le lointain , et s'eteint progressivement avec l'accompagnement de l'archestre.)

Fin du premier Acte.

ACTE II.

Le théâtre représente la place d'Esbékir au Caire ; les spectateurs sont placés vis-à-vis du coté méridional, c'est-à-dire que la maison habitée par le général en chef au Caire, est dans le fond du théâtre. Cette maison a un minaret commencé à coté de l'entrée ; après le corps-de-logis sur la droite des spectateurs est une galerie couverte qui laisse entrevoir un jardin ; plusieurs sycomores sont en avant ; sur la première coulisse, à gauche, on voit l'entrée postérieure d'une mosquée, surmontée d'un minaret peint en raies horisontales vertes et rouges, sur le coté droit on voit un pavillon praticable, et clos par des grillages de bois. La porte de cette maison est un peu plus éloignée ; elle est élevée du sol par quelques marches.

*On voit passer dés Sakains qui portent de l'eau dans des outres, et sur le dos, des femmes couvertes de leurs chabaies, un mantaux noirs, et montées sur des anes richement ornés (*). Les ânes son amenés à la main par des Sais. Quelques marchands qui vendent du pain en galette sont épars sur la place. Le Motazeb monté à cheval procedé par un homme qui porte une grande balance, et suivi de plusieurs personnes montées, et de cavash, ou soldats armés de bâtons, fait le tour delaplace ; il fait jetter des pains dans la balance, en fait verifier le poids. On se lève sur son passage ; tout cela se passe dans la durée de la symphonie qui est prolongée à cet effet après la levée de la toile.*

SCENE PREMIERE.
FLORICOURT, GIORGINO.
GIORGINO.

L'Aga, et le Motazeb ont fait leur ronde ; la place est vaste et fréquentée ; on ne fera pas attention à nous et l'on peut s'arrêter ici sans danger.

(*) On fait mension des ânes et des chevaux dans cette scène, et dans les actes suivant pour tracer l'exacte vérité ; mais nos théâtre ne sont pas disposés pour les recevoir.

FLORICOURT.

Des spéculations commerciales m'attirèrent dans ce pays.
La guerre a retardé le moment où je reverrai une patrie qui
nous est si chère. Ce fléau redoutable t'éloigne l'Italie, qui
t'a vu naître. Mais nos goûts, et nos affections unissent notre sort à jamais.

GIORGINO.

Parlons de l'objet qui vous touche. Voici la maison de la
mère d'Ibrahim. Zanoubé doit rendre visite à sa famille.
Vous sommes convenus des prétextes à employer pour vous
ménager une entrevue.

FLORICOURT.

Tes intelligences avec les Arabes sont-elles assurées? astu
acquis par des largesses les moyens d'exécuter notre projet?

GIORGINO.

Moustapha, l'honnête usuries, père de votre maîtresse
m'a prêté hier huit cent gourdes sur les bijoux que vous m'a-
vez remis. Je me suis transporté à Ghizé. J'ai eu une longue
entrevue avec un Cheik des Arabes qui bordent le désert ;
cent piastres données à-compte ont fait conclure le marché.
Il promet une escorte nombreuse jusqu'à Alexandrie.

FLORICOURT.

Je ne sais quelle crainte m'agite, le danger de Zanoubé
est le sujet de mes allarmes.

GIORGINO.

Vous ne parlez pas de ma tendre Ouordi ; car j'en suis
cruellement aimé, et vous ne doutez pas que cette ardeur ne
soit précieuse pour nos intérêts. Je fais toute fois une réflexion.

FLORICOURT.

Laquelle ?

GIORGINO.

Que diriez vous de Giorgino, s'il s'avisait de coucher sur
des ronces ? s'il fatiguait de ses plaintes toute la nature ?
si privé d'apétit et de someil, il élevait sans cesse vers le ciel
un regard menaçant ? ah ! Giorgino, vous le direz sans
doute, Giorgino n'est pas le moins fou de tous les hommes.

FLORICOURT.

Je le plaindrai !.., je dirai qu'il méconaît l'amour et sa
puissance.

L'amour dans sa bouillante ardeur
Est le fleuve écumant et rapide,
Il étonna le voyageur;
Mai bientôt son onde limpide
Des vergers embellit sa fraîcheur.

GIORGINO.
Turbulent, inquiet et jaloux.
L'amour est souvent peu traitable,
Il ressemble à la mer en courroux;
Moi j'aime l'onde navigable;
Car je crains, soit dit entre nous,
Que l'amour ne sois pas très-aimable.

FLORICOURT.
Je chéris trop les bienfaits.
Du puissant deiu qui m'engage.

GIORGINO.
Je redoute les forfaits
Dont sourit ces deiux volage,

FLORICOURT.
Doux hommage!

GIORGINO.
Fol hommage!

FLORICOURT.	GIORGINO.
Mon cœur te suit a jamais.	Mon cœur te fuit à jamais.
FLORICOURT.	GIORGINO.
Dn puisant dieu qui m'engage	Ah ! de cet enfant volage
Chérissons tous les bienfaits i	N'onblions pas les forfaits.

Sur l'amante que j'adore
Sommeil verse tes pavos
Le chagrin qui me dévore
Doit-il troubler son repos?
Que les crimes de l'amour même
Lui dérobent ma douleur!
Le bonhenr de ce qu'on aime
Est toujours le vrai bonheur.

Que l'amour ne soit pas très-aimable. Tel que puisse
être votre systême, je m'y jette à corps perdu. Des grandes
dispositions sont faites pour notre aggression. Je suis à la
priste de tout ce qui se passe. Le vieux Moustapha m'accorde
sa confiance ; je luis sert de courtier et d'interprête... je
crois l'entrevoir, Zanoubé.

SCENE II.

FLORICOURT , GIORGINO , ensuite , ZANOUBÉ OUORDI , et d'autres femmes.

FLORICOURT.

Tu pourrais te méprendre.

GIORGINO.

Le cœur peut-il se tromper ? je reconnais mon adorable Ouordi.

FLORICOURT.

Zanoubé la précéde , hâte-toi d'avertir les acteurs néces-saires.

GIORGINO.

Cachez-vous... Oui, ce sont elles-mêmes.

(Il sort ; Floricourt se cache.)

(Zanoubé, Ouordi, et d'autres femmes enveloppées dans leurs man-teaux traversent la scène ; elles sont précédées par des Saïs. Elles entrent dans la maison de la mère d'Ibrahim. Une musique gaie accompagne les gestes de Floricourt qui s'efforce de se faire apper-cevoir par Zanoubé. A peine les femmes sont-elles entrées qu'un joueur de gobelets turc, conduit par Giorgino, s'avance avec un petit enfant qui lui sert de paillasse. La musique accompagne pendant quelques mesures le jeu de gobelets. Ensuite elle s'arrête pour lais-ser le tems à l'escamoteur de jouer un solo de violon turc. Zanoubé et Ouordi ne tardent pas à paraître à la croisée ; elles ont quitté leur voile et leur manteau.)

ZANOUBÉ, *en voyant l'escamoteur.*

Un joueur de goblets ?

OUORDI.

Vous appercevez plus loin ...

ZANOUBÉ, *à l'oreille de Ouordi.*

C'est lui , ma chère Ouordi.

OUORDI.

Et Giorgino aussi ? quel désastre ! mais voici les femmes de la maison d'Ibrahim qui viennent nous saluer. (*bas à Zanoubé.*) De la prudence !

(Plusieurs femmes sans voile se présentent à la croisée qui est cons-truite en forme de balcon saillant ; elles s'asseoient sur le tapis étendu sur ce balcon.)

(La musique recommence. L'escamoteur continue ses tours, il envoie ensuite demander son salaire. Zanoubé jette dans le bonnet de l'en-fant qui demande , un papier. Giorgino qui le suit, s'en empare ,

La bataille

C

et lui donne une pièce d'argent à la place. Il porte ce papier à Floricourt, qui le lit avec transport.)

FLORICOURT.

Plaisirs charmans ! joyeuse fête !
Célébrons ce moment enchautour !
Le jour où naquit le prophête
De Zanoubé promet le bouheur.
 Jeunes pastourelles ,
 Chantez ce beau jour ;
 Tendres tourterelles
 Roucoulez d'amonr.

(*Floricourt et Giorgino répète le dernier couplet.*)

OUORDI.

Des chanteurs aussi ! Ibrahim est fort galant ; allons,
voici un jour de plaisir ! mêlez votre voix charmante à ces
chants d'allégresse.

ZANOUBÉ.

Volontiers.

Plaisirs charmans ! joyeuse fête !
Dieu d'amour je subirai ta loi !
Le jour où naquit le prophête
Je promets et mon cœur et ma foi.
 Jeunes pastourelles
 Chantez ce beau jour ,
 Tendres tourterelles
 Roucoulez d'amour.

OUORDI.

Il faut nous retirer : la mère d'Ibrahim le désire. Elle a
raison ; il faut user et ne pas abuser du plaisir.
(*Les femmes se lèvent et quittent le balcon. Giorgino et Floricourt font des signes à Zonoubé ; Ouordi répond à ces
signes , elle sort ensuite.*)

FLORICOURT , *en s'approchant du balcon.*

Ce soir ?

ZANOUBÉ.

Hélas !... oui.

SCENE V.

FLORICOURT et GIORGINO.

FLORICOURT.

Je suis au comble de la joie.

GIORGINO.

Attendez ! la Fortune est encore plus volage que l'A-
mour,

FLORICOURT.

On commence a illuminer les minarets , songeons à notre entreprise.

GIORGINO.

Nous n'avons rien à redouter si mon plan s'exécute ; j'ai
tout prévu. Lorenzo , mon compatriote et votre serviteur fidèle , a déjà passé le Nil. Je l'ai chargé de quelques provi-
sions ; car , avant tout , il faut vivre.

FLORICOURT, *en sortant.*

Charmante Zanoubé !

GIORGINO.

Eternelle Ouordi !... Marchons.   (*Il sort.*)

SCENE VI.

MOUSTAPHA et IBRAHIM , *ayant une
lettre à la main.*

MOUSTAPHA.

Par le prophête , voilà une étrange nouvelle !

IBRAHIM.

Je viens de recevoir d'Alexandrie cette lettre.

MOUSTAPHA.

Il faut vous garder de la communiquer à qui que ce soit...
Combien de voiles , dit-on ?

IBRAHIM , *en lisant.*

Environ cinq cents. Un grand nombre de troupes , des
vaisseaux de guerre ; en un mot , des forces redoutables.

MOUSTAPHA.

Redoutables ! celui qui a pu s'exprimer ainsi n'est pas un
musulman. Il n'est rien de redoutable pour nous ; l'aspect
du turban des Cheiks de la loi effrayera ces vils dgiaours.

IBRAHIM.

Le grand Mourat les anéantira.

MOUSTAPHA, *plus bas.*

Ne croyez-vous pas qu'il conviendrait de s'assurer promptement des infidèles qui sont en notre pouvoir ?

IBRAHIM.

Je compte sur ces ôtages... Demain, avant la pointe du
jour , ils seront dans les cachots du Khala.

MOUSTAPHA.

Je regrette que cette nouvelle parvienne dans ce jour. Ma
fille est chez votre mère, et, d'après nos lois, vous ne pou-
vez la voir qu'à l'instant où elle habitera votre demeure.

IBRAHIM.

Conduisez-là ce soir avec pompe : ne différez pas, pour
un motif frivole, une telle cérémonie : qu'elle soit embellie
par le faste, et animée par la joie ; que rien enfin ne puisse
faire soupçonner que l'arrivée de quelques audacieux ait
altéré notre tranquillité.

MUSTAPHA.

Ce courage est digne d'un vrai croyant ; j'aime plus que
jamais mon gendre.... N'oubliez pas de faire arrêter les infidèles.

IBRAHIM.

Je me rends de ce pas chez Mourat. Si quelqu'un résiste,
il le paiera de sa tête.   (*il sort.*)

(Un crieur paraît sur le balcon du minaret, il crie en le parcourant
pour appeller à la prière.) (*La ila ela allah oua Mahammet rasoul
allah* !)

(Dans le courant des deux scènes précédentes on a achevé d'illuminer
le théâtre. Des lanternes sont supendues au haut des minarets, devant le balcon de la maison de la mère d'Ibrahim, et sur tout les
édifices. Ces lanternes sont exagones faites de bois, ou carton, percé
de plusieurs ouvertures qui forment un dessin. Ces cartons sont co-
loriés en dehors, et un papier transpareut couvre intérieurement les
ouvertures. On fait monter sur le théâtre, en face de la maison du
général en chef, quatre poteaux très-élevées, et garnis de bande-
rolles à leur sommet ; dans les intervalles on a tendu des cordes,
auxquelles sont suspendues plusiuurs lanternes ; elles représentent
dans chaque espace un dessin quelconque, et par préférence des
lozanges environnés de croissans.)

(Au bruit d'une symphonie, accompagnée par des instrumeus arabes,
on voit paraître le cortège. Quatre janissaires ouvrent la marche.
Ils sont vétus d'une robe rouge qui descend jusqu'à la cheville ; elle
se croise ; elle est retenue par une écharpe noire ; ils ont des pab-
bouches rouges ; leur bonnet est noir, fort élevé, applati sur le
devant, une plaque de cuivre doré le décore dans le milieu. Derrière
la tête pend un morceau d'étoffe très-long, qui se termine en pointe.
Après les janissaires viennent les almées qui chantent, tensuite les
danseuses, et les eunuques noirs. Ils sont suivis par deux hommes
montés sur des échasses. Les almées s'arrêtent de tems à autre pour
crier *lon lou lon lon*. Ce cri de joie doit être accompagné par l'or-
chestre.)

(Un grouppe de femmes ayant le visage couvert par le borko , et enveloppées dans leurs manteaux noirs suivent ces hommes à droite ,
et à gauche du cortège ; des saïs portent des réchauds montés sur
des bâtons , et dans lesquelles brûlent des matières combustibles.
La mariée est amenée sous un dais, deux almées marchent au-devant
d'elle ; une a un grand évantail formé de carton , couvert de papier
doré , et terminé par des plumes d'autruche ; elle évente sans cesse
la mariée. L'autre a de l'eau de rose dans un flacon de cristal doré ,
dont le bouchon est percé ; elle en jette quelque goute sur la mariée
à chaque station. — Les vêtemens de celle-ci sont couvert par un
manteau de toile d'argent qui repose sur sa tête, et il est bordé par
une frange d'or par-devant , et la convre en totalité. Une petite
couronne d'argent est placé sur sa tête , et semble retenir le manteau. — Quatre jannissaires semblable à ceux qui ouvrent la marche, suivent le dais.)

(Après que ce cortège a fait le tour du théâtre , le dais s'arrête au
milieu de la scène. Les danseuses , et les eunuques noirs composent
une danse. Elle est tout-a-coup interrompue par un coup de fusil
que l'on entend dans le lointain. L'effroi se répand dans l'assemblée.
Les coups de fusil accompagnées de cris se succèdent ; le cortège
prend la fuite ; les jaunissaires se disposent à combattre.)

(Floricourt et Giorgino suivis de quelques européens , et de plusieurs
arabes entrent sur la scène ; le combat s'engage entre les européens,
et les janissaires. Dans cette intervalle des arabes s'emparent de la
mariée et d'Ouordi. Le tumulte est prolongé. Les manteaux de
de Zanoubi et d'Ouordi sont tombés sur leurs épaules , et l'on peut
appercevoir leurs visages.)

Fin du second Acte.

ACTE III.

Le théâtre représente le coté nord du rocher Lybique ; les pyramides de Chizé sont détachées de la toile du fond ; la plus grande, ou le Cheops, présente le coté nord-est : l'entrée est sur le coté septentrional : la base doit être à la hauteur comme 718 à 436 : les pyramides sont fortement ébréchées au bas des arrêtes. L'entrée est une ouverture triangulaire ; un tertre de sable et de pierres est adossé à chaque face. Sur la gauche des spectateurs et sur les coulisses sont figurées trois petites pyramides tronquées vers les deux tiers de leur hauteur ; elles sont très-ruinées. Une grande quantité de pierres, que la vétusté a détachées de ces monumens, est répandue sur la scène. A droite, on a peint et adossé aux coulisse une tente d'arabes : elle est construite comme nos tentes canonières ; l'étoffe est de laine blanche, rayée de couleurs d terre. Plusieurs arabes qui fument sont placés sur différens points de hauteur ; ils ont tous un fusil en bandouillère, un long diéris ou bâton armé d'une pointe de fer à la main. Leur costume est un manteau de laine blanche : le plus grand nombre n'a pas de turban, mais seulement un tarbouch ou bonnet rouge qui ne couvre pas les oreilles.

Les décorations accessoires ne doivent pas masquer sur aucun point celle qui est dans le fond du théâtre.

Après le lever de la toile, on entend une symphonie pastorale qui annonce la marche d'une caravane qui vient de loin. Le son des instrumens augmente progressivement. Enfin on voit paraître Zanoubé et Floricourt, précédés d'un Cheïck arabe, et tous les trois montés à cheval. Ouordi, Giorgino et Lorenzo sont montés sur des ânes. Deux arabes à cheval et un grand nombre d pied suivent ce cortège. — Dès que tout le monde est descendu de cheval, on fait sortir de la scène les chevaux et les ânes. On fait agenouiller les chameaux, on les décharge, et ensuite on les amène. On étend quelques nates et l'on s'asseoit dessus.

SCENE PREMIERE.

LE CHEICK, ZANOUBÉ, FLORICOURT, OUORDI, GIORGINO.

LE CHEICK.

Soyez les bien venus, vous êtes ici en sûreté. Du haut de cette pyramide on peut comtempler l'immensité du désert ; c'est là notre forteresse : je défie vos ennemis de vous y poursuivre.

ZANOUBÉ.

Ah ! mon père, je me retrace votre chagrin.

FLORICOURT.

Espérons des jours plus heureux ; nous l'inviterons alors à se réunir à ses enfans : nous fléchirons sa colère.

OUORDI.

Fléchir sa colère est chose impossible ; une musulmane qui s'enfuit avec un infidèle ! ah, mademoiselle, il n'y a plus de paradis pour nous ;

GIORGINO.

Eh bien ! nous vous en ferons un, nous trouverons sur terre tous les agrémens qui promettent le bonheur ; le premier de tout sera celui de notre amour....

OUORDI, *en soupirant.*

Ah ! quel désastre !

GIORGINO.

Consultons ces couffes bien garnies par mes soins. Voici de l'excellent vin d'Europe, voici de la liqueur exquise.

LE CHEICK.

De la liqueur ! (*Les Arabes se lèvent avec empressement, et entourent Giorgino. Le Cheïck en frappant avec son dierid s'écrie.*) Massarassé ! retirez-vous. (*les Arabes s'éloignent.*)

GIORGINO.

Doucement ! chacun aura sa portion. (*aux Arabes.*) Préparez vos tasses, je vais distribuer de l'excellente eau-de-vie. (*Il en verse dans les cocos que chaque Arabe présente. Le Cheick s'assoit près de la natte, où l'on prépare le couvert ; il porte toujours sa pipe.*)

(Il est à observer que le Cheick est distingé des aurres par un grand challe à carreanx blancs et rcuges sur un fond bleu, qui fait une fois le tour de sou col, et est ensuite noué eu bandouillère, Il a un tarban blanc.)

LE CHEICK.

Les janissaires qui accompagnaient le cortège, ont été rudement investis. Nous avons enlevé ta maîtresse comme le vent dépouille la rose de faïoum. Cet exploit vaut de l'argent.

GIORGINO, *sortant une bourse.*

En voilà. (*on mange sur la natte étendue devant Floricourt*

*et Zanoubé ; les Arabes sortent , de plusieurs paniers , des
dattes et du lait caillié.)*

FLORICOURT.

Belle Zanoubé ! ne trouble pas la joie de ton amant par
des regrets que les plus tendres soins feront disparaître.

ZANOUBÉ.

Je crains pour toi , pour nous tous. Alexandrie est éloignée : la marche dans le désert est lente et pénible.

GIORGINO.

Dès que l'ardeur du soleil sera affaiblie , nous nous met-
trons en route , nous avons des guides experimentés : en
attendant réjouissons-nous , en nous retraçant les images
d'un bouheur avenir. Que des chants mélodieux charment
les hahitans de ces contrées.

QUATUOR.

Premier Couplet.

Narguons loin de ce rivage ,
Vers un plus riant séjour ,
Pour pilote , en ce voyage.
Faire un choix du dieu d'amour.
Non , jamais l'onde légère
Ne vit luire un jour si beau,
C'est le souffle de Cythère
Qui conduit notre vaisseau.

II

Quand Neptune en son délire
Fait pâlir nos matelots ,
L'amour sait , par un sourire ,
Désarmer le dieu des flots.
Vents fougueux , essaim rébelle ,
Calmez-vous . craignez sa voix !
Car Jhélis pour-être belle
A l'amour céda ces droits.

III.

Lors qu'au port de la tendresse
Le vaisseau va désarmer ,
Livrons-nous à l'allégresse
Mais ne cessons pas d'aimer ;
A l'ardente jouissance
Ménageons quelques desirs !
Séparé de l'espérance
L'amour fuit loin du desir.

LE CHEICK.

Cela est fort bien ; mais nous avons aussi nos chants et

nos spectacles ; ils ont le caractère d'une vie libre et belli-
queuse. — Arabes, levez-vous : que les uns s'arment de leurs
dietids, que les autres jouent du tabel et du tamboura. Re-
présentez , par vos pas, les combats auxquels vous êtes exer-
csé.

(D*anse d'Arabes.*)

Cessez : le soleil est avancé dans sa course ; il faut faire
quelques dispositions pour le départ. (*aux Arabes.*) Que
trente parmi vous'entre à main armée dans le village d'Abou-
kir. Ils enlèveront des moutons , des œufs et de la volaille.
Que vingt arabes se transportent à Gherdasse ; les habitans
sont de nos amis. Vous vous contenterez de prendre de l'orge
et du lait pour six jours. Nous aurons à combattre en route
une tribu ennemie ; cela nous procurera des tentes et des chameaux. — Partez , et soyez tous rassemblés avant la pointe
du jour derrière la petite pyramide. (*le Chéick et les Arabes*
sortent dans différentes directions.)

GIORGINO.

Nous sommes entre les mains de fort braves gens ; mais ils
nous défendrons , en leur donnant de l'or. Un bâtiment est
frété à Alexandrie : nous n'avons que peu de jours à souffrir.
Zanoubé, et toi, mon adorable Ouordi , entrez dans cette
tente, enveloppez-vous dans vos manteaux, et prenez quelques instant de repos : Floricourt et moi, nous parcourerons
le rocher , pour nous garantir contre quelque surprise. Lorenzo montera sur la grande pyramide. On découvre de cette
hauteur les deux rives du Nil. Si tu apperçois quelques cava-
lier du côté du fleuve, descends rapidement pour nous avertir.

(La musique exprime les regrets , et les adieux que se font les deux
  amans ; les femmes entrent dans la tente ; elles se couvrent de leurs
  manteaux noir. Floricour atteste a Giorgino son amitié et sa reconnaissance. Dans ses entre-faites Lorenzo monte sur le sommet de la
  grande pyramide. Floricourt sort du côté opposé à celui ou est
  la tente des femmes.

GIORGINO.

Déserts profonds et brûlans : c'est à vous que nous confions
notre sûreté. Monumens chargés de tant de siècles , offrez-
nous une défense ; mais , votre masse ne vaut pas les beautés

moins durables, les chefs-d'œuvres du goût qui établit son temple en Europe. Je te salue, belle Europe ! Je vois d'ici tes campagnes heureuses et tranquilles, tes habitans policés.. et tes femmes charmantes !

Air :

Douce moitié de l'existence
Sexe charmant, sexe enchanteur
On connaît trop dans ton absence
Le prix d'un charme séducteur.

(*La musique fait une courte ritournelle de l'air ; Giorgino s'interromp tout-à-coup.*)

(*Tandis que Giorgino chante ce couplet, on apperçoit un paysan qui l'épie à la dérobée, et qui s'échappe ensuite.*)

GIORGINO.

Mais tandis que je me nourris d'idées poétiques, [j'oublie ma consigne. Lorenzo est-il à son poste ? (*il regarde le sommet de la pyramide.*) Oui, je vais parcourir rapidement ces alentours. (*il sort.*)

SCENE II.
IBRAHIM et TROIS PAYSANS.

IBRAHIM.

Tu es bien certain que c'est là la femme que je cherche.

LE PAYSAN.

Par Mahomet, seigneur, je ne puis vous l'assurer ; mais j'ai vu, dès le matin, trois femmes ici : les Arabes leur ont tendu cette tente, et je vous ai fait remarquer un Franc qui avait monté la pyramide. (*ici Lorenzo fait des signes de craintes et d'impatience.*) (*pendant que le paysan parle, Ibrahim regarde à travers quelques fissures de la tente.*)

IBRAHIM.

Je crois entrevoir une femme endormie. — As-tu apperçu d'autres Francs ? (*Lorenzo en voyant que l'on approche de la tente, descend précipitamment de la pyramide.*)

LE PAYSAN.

J'en ai vu deux, fort jeunes ; en voilà un qui descend à la hâte.

IBRAHIM.

Il ne faut pas perdre un seule instant : prends ce mouchoir,

ferme la bouche d'une femme, que tu saisiras dans cette tente ;
ne fais aucun bruit, amène-là promptement à la maison du
Caïmacan ; je reviendrai bientôt avec des forces. (*il se retire*
promptement.)

(Les paysans entrent dans la tente après avoir défait les cordons qui
la serraient. Ils enlèvent à deux une femme enveloppée dans un
manteau qui a un mouchoir sur la bouche, et qui fait des efforts
inutiles pour résister.

SCENE III.
GIORGINO, ET FLORICOURT.

GIORGINO.

Je crains que mes soupçons ne soient trop fondés. J'ai
vu de loin trois cavaliers qui s'avancaient à toute bride ; ils
se sont arrêtés à une maison apparente qui est dans la plaine.
Un deux à pied, et suivi de deux paysans s'acheminait vers
ce lieu.

FLORICOURT.

Nous n'avions d'autres armes que nos sabres mais nous en
ferons bon usage.

GIORGINO.

Comment rejoindre le Cheick arabe ?... Ciél ! Lorenzo
n'est plus sur la pÃronnide...Je le vois... Il nous...Cherche...
Je vole à la remontre... (*il sort.*)

FLORICOURT.

(La musique exprime l'affliction de Floricourt ; par intervalle elle
indique la marche rapide de quelques chevaux dans le lointain ;
Floricourt veut approcher plusieurs fois de la tente de Zanoubé.)

Oserai-je troubler son sommeil ? comment jetter l'alarme
dans le cœur de celle qui a tout hazardé pour me suivre !....
J'endens quelque bruit. — Faut-il l'accabler d'une crainte
affreuse, j'hésite. ....

GIORGINO, *en revenant à toute bride.*

Tout est éclairci. Suivez moi.

FLORICOURT.

Ciel ! Zanoubé !

GIORGINO.

Est enlevée. C'est par la . . . Suivez-moi.

FLORICOURT.

Les scélérats perderont la vie. (*ils veulent sortir rapide-*
ment, Ibrahim à cheval, suivi d'un Mamelouk, les rencontre

il met précipitament pied à terre, et confie son cheval à deux paysans.)

SCENE IV.

IBRAHIM.

Je te trouve infidèle. Tu vas expier ton crime.

FLORICOURT.

Tu périras !

(Il s'engage un combat entre Floricourt et Ibrahim, Giorgino et le mamelouk. Giorgino tombe ; le mamelouk veut le tuer, Floricourt en se combattant se place entre deux, Giorgino a le tems de se relever. Il resaisit son sabre, et, après plusieurs coups, il blesse au bras doit son adversaire : celui-ci prend la fuite. Peu de tems après Floricourt désarme Ibrahim; celui-ci terrassé donne un coup de stilet dons le bras gauche de Floricourt, et s'élance précipitamment sur son cheval. Il tire en fuyant un coup de pistolet à Floricourt, mais sans l'atteindre.

FLORICOURT.

Lâche ! tu n'échapperas pas à ma vengence.

GIORGINO.

Vous êtes blessé. Je crains pour vous.

FLORICOURT.

Je le suis bien légèrement. Suis-moi ; il faut mourir, ou recouvrez Zanoubé, (*ils s'acheminent pour paetir.*)

ZANOUBÉ, *sortant avec précipitation de la tente.*

Zanoubé est avec toi.

FLORICOURT, *en se jettant dans ses bras.*

Dieu !

ZANOUBÉ.

Le bruit de ce combat m'a réveillée. J'ai apperçu le cruel Ibrahim , et je n'ai osé me montrer. Depuis long-temps je tendais les mains supliantes au ciel pour qu'il décidât en faveur de mon amant le sort des armes. — Que vois-je ! (*Zanoubé arrache un de ses voiles, et panse la plaie de Floricourt.*)

GIORGINO.

Je ne reviens pas de mon étonnement. (*en regardant dans la tente*) Quoi Ouordi ! Ibrahim l'a enlevée ! je le félicite de sa capture .

ZANOUBÉ.

La pauvre Ouordi !

(*Lorenzo entre à la hâte, il porte Ouordi dans ses bras.*)

SCENE V.

LES PRECEDENS, OUORDI LORENZO.

OUORDI.

La voici, la voici (*Zanoubé accourt pour l'embrasser.*)
Je dois à ce brave homme la vie et l'honneur.

GIORGINO.

Ils vous avaient enlevée !

OUORDI.

Indécemment, mon cher ami, indécemment : ta pauvre
Ouordi a couru bien des risque ; j'ai pu m'échapper à travers
les champs, lorsque j'ai apperçu Lorenzo... Mais toute nar-
ration est inutile. Il ne faut pas user un tems précieux. Il est
urgent de fuir. Ibrahim a soulevé les villages environnans.
On attend du Caire des armes et du secours.

ZANOUBÉ.

Cher Floricourt, nous allons succomber.

FLORICOURT.

Rassure-toi : notre courage balancera leurs efforts.

GIORGINO.

Le courage est impuissant contre le nombre ; il faut aviser
à d'autres expédiens. Exécutons les conseils du Cheïck Arabe.,
Lorenzo va marcher de nouveau sur ses traces , il hâtera son
arrivée, et celle de sa troupe, vous....

OUORDI.

Voici des hommes armés. C'est Ibrahim lui-même avec
une suite nombreuse.

GIORGINO.

Réfugiez-vous dans la grande pyramide. Pénétrez jusqu'à
la chambre la plus éloignée, voilà de quoi se procurer de la
lumière ; j'attendrai à l'entrée, et je vous avertirai en temps
opportun...

ZANOUBÉ.

Ciel accorde nous ton assistance !

(Lorenzo sort précipitamment. Zanoubé, Floricourt et Ouordi montent rapidement le monticule, et pénètrent dans la grande pyramide. Giorgino se cache derrière une pierre près de l'entrée.

La musique annonce la marche d'une troupe armée composée de
Jannissaires et de paysans. On entend crier de tems à autre *halla* ,
et d'autres voix confuses e menaçantes.)

SCENE VI.

IBRAHIM, ensuite le CHEICK Arabe.

IBRAHIM.

Ils ne sont pas trop éloignés. (*à un mamelouk.*) Partagez notre troupe en trois détachemens : que deux portions parcourent le rochers dans des directions opposées : que le troisième reste près de moi. Des larges récompenses seront accordées à votre activité et a votre courage.

(Les deux détachemens se séparent en agitant en l'air leurs armes, et en criant de tems à autre : *siates* ! *halla* ! ils marchent et partent confusément et avec précipitation.)

IBRAHIM, *après avoir visité la tente.*

Ils sont tous enfuis. La méprise de ces Fellah a été funeste; mais je défie le prophête lui-même de les soustraire à ma vengeance. Visitons soigneusement ces ruines. Peut-être ont-ils pris le chemin du désert...

(Le Cheick arabe suivi d'une troupe nombreuse entre en frappant la terre simultanément avec les dierids.)

LE CHEÏCK.

C'est toi, c'est Ibrahim, fils d'Achmet !

IBRAHIM.

C'est moi-même.

LE CHEÏCK.

De quel droit oses-tu persécuter ceux que nous défendons ? de quel droit commandes-tu dans nos déserts ?

IBRAHIM.

On a enlevé celle qui m'était destinée pour épouse. J'ai en ma faveur la force de la loi et celle d'une troupe nombreuse.

LE CHEÏCK.

Ton épouse refusait ta main ; je disperserai ta troupe. Depuis quelques siècles les habitans des villes ont l'habitude de nous redouter.

IBRAHIM, *après un instant de réflexion.*

J'admire ton courage ! mais un enfant de Mahomet se liguera-t-il avec les infidèles ? mon frère ne vengera pas un affront sacrilège.

LE CHEÏCK.

Je ne suis pas juge de vos différens. On a demandé ma protection, on l'a payée, je l'ai promise. Retirez-vous, ou... (*en levant ses armes.*)

IBRAHIM.

Frère, écoute Ibrahim. Voici deux cents zermaboubé : paie ta troupe ; je t'en promets le double si tu veux écouter mes représentations.

LE CHEÏCK.

Tu parles en homme sensé ; les menaces n'effrayent pas les arabes indépendans. — Des Frans peuvent nous appercevoir en ce lieu, suis-moi sur le revers du rocher du côté de Sakara.

IBRAHIM.

Je serai vengé ! (*les arabes et les troupes d'Ibrahim partent ensemble.*)

SCENE VII.

(Le théâtre représente l'intérieur de la grande pyramide, ou une coupe verticale sur le milieu de ce monument. La chambre sépulcrale représenée de grandeur naturelle est élevée de douze pieds au-dessus du plancher du théâtre ; la pyramide est élevée dans la direction de la deuxième coulisse. Les deux premiers feuillets réprésentent une coupe, par échelons qui s'avance de chaque côté jusqu'à un tiers de la largeur de la scène. Le plafond de la chambre sépulcrale est horizontal, et représenté en coupe par une seule pierre. On arrive dans cette chambre par un plan incliné qui, en s'enfonçant sous le théâtre, fait un retour angulaire trois pieds au-dessus, et revient adossé à la section de la pyramide jusqu'à la chambre en question. Dans le fond est une cave sépulcrale de la longueur de cinq pieds et demie. La couleur du massif est celle de la pierre blanchâtre, celle de la cave est de marbre jaune. La voûte de l'escalier ou plan incliné qui monte à la chambre est faite par encorbeillement, dont on doit voir la moitié en relief. Il y a aussi une triple banquette étayée qui longe la partie intérieure du plan incliné. A dix ou douze pieds du céintre l'inclinaison des faces de la pyramide paraît. On voit quelques marches extérieures et un vuide, derrière lequel est un ciel vivement éclairé. La partie antérieure du théâtre est dans l'obscurité.)

ZANOUBÉ, FLORICOURT, et OURDI.

(Floricourt porte un flambeau. Ils montent sur la scène par l'ouverture dans laquelle une des branches du plan incliné plonge sous le théâtre.)

FLORICOURT.

Que cette enceinte est sombre ! et que son accès est difficile !

ZANOUBÉ.

Il sera d'autant plus assuré pour nous.

OUORDI.

Nous montons depuis bien long-tems ! la chambre indi-
quée ne doit pas être éloignée.

FLORICOURT.

Je crois l'entrevoir. (*ils approchent de la chambre.*) Ra-
nime ton courage , ma chère Zanoubé.

ZANOUBÉ.

Je te suis avec confiance.

FLORICOURT.

Je crois que nous sommes arrivés... Oui , ces noms écrits
dans toutes les langues , ces dates reculées de plusieurs siècles annoncent la curiosité des voyageurs.

OUORDI.

Quant à moi , sans un tel évènement , je n'eusse jamais vi-
sité ce séjour de la mort.

ZANOUBÉ.

Son antique tristesse semble convenir à des amans infortunés. Voici un cercueil.

FLORICOURT.

Il est vide. Des immenses pierres soutiennent sur cette
salle la masse énorme qui la couvre. (*ils parcourent avec la
lumière l'intérieur de la salle.*)

OUORDI.

Giorgino ne tardera pas à nous tirer de ce sépulcre ; on
peut compter sur son zèle. C'est un jeune homme bien esti-
mable , (*en soupirant.*) et bien malheureux.

FLORICOURT , *à Zanoubé.*

Ma belle Zanoubé ! a peine as-tu été en mon pouvoir tu
as connu le malheur.

ZANOUBÉ.

Je suis fière de le partager avec toi.

FLORICOURT.

QUATUOR.

Dans l'horreur de ce lieu menaçant
Près de toi je sans croître maflamme.

ZANOUBE.

Près de toi cet asyle est riant,
Près de toi tout enchante mon ame.

OUORDI.

Ahi quittons ce réduit effaayant,
Tout ici m'épouvante... madame.

ZANOUBE.

C'est envain que le sort nous opprime
Si l'amour peut braver son courroux.

FLORICOURT.

Dieux puissans, si l'amour est un crime,
Punissez l'univers avec nous.

GIORGINO.

(On entend sa voix dans une profondeur éloignée.)

Sauvez-vous
L'on vient à nous.

OUORDI.

N'est-ce pas la terreur qui m'anime ?
Mais, je crois.... Oui, j'entends...

GIORGINO, la voix s'approche.

Sauvez-vous.

FLORICOURT.

(en tirant son sabre, et en sortant de la
chambre sépulcrale.)

Que je sois la seule victime.
Je saurai m'offrir seul à leurs coups.

FLORICOUR et ZANOUBE.

Dieux puissans, si l'amour est un crime,
Punissez l'univers avec nous.

GIORGINO.

L'on vient à nous.

ZANOUBE, OUORDI.

Oui, l'on vient, sauvons-nous, sauvons-nous.

FLORICOURT, GIORGINO.

Oui, l'on vient, sauvez-vous, sauvez-vous.

(Zanoubé, Floricourt, Ouordi descendent rapidement ; on entend
un bruit souterrain très-confus. La musique accompagne tous ces
mouvemens.—Ibrahim paraît à la tête d'un grand nombre d'hommes
armées, dont chacun porte un flambeau. Ils se distribuent sur le ta-
lus des deux rampes, et dans la chambre sépulcrale. Après l'ordre
d'Ibrahim, ils s'emparent de Zanoubé, qui jette un cri. Ils l'emmenent
par le chemin souterrain. Ouordi est entraînée. Floricourt fait quelques résistances, mais il est bientôt enveloppé et désarmé.)

IBRAHIM.

Arrête ! — Enlevez cette femme. (après un combat très-
court.) La résistance est vaine.

FLORICOURT.

Le sort condamne la vertu et le courage.

IBRAHIM.

La vertu ! homme déloyal, tu as méconnu la bonté des
Musulmans qui te souffraient parmi eux ; tu as séduit leurs
femmes...

La bataille   E

FLORICOURT, *avec transport.*

Le cœur de Zanoubé est libre ; il m'appartient.

IBRAHIM.

Tu ne profiteras pas de ton crime. Le compagnon de tes forfaits , l'infâme Giorgino...

FLORICOURT.

Eh bien ?

IBRAHIM.

Giorgino a expiré sous nos coups. Il est tombé dans le fond de cette pyramide. Un autre sort t'est réservé. —— Attachez cet infidèle au cercueil de la chambre sépulcrale : qu'un flambeau sulfureux l'éclaire dans ses derniers instans. Sortez et roulez devant l'entrée de la pyramide les pierres énormes qui l'entourent et qui la fermeront à jamais. (*à Floricourt.*) Infidèle , tu as vécu.

FLORICOURT.

Ma chère Zanoubé ! !

(Au son d'une symphonie barbare les soldats exécutent les ordres d'Ibrahim. Ils descendent successivement , et la scène demeure éclairée par le flambeau qui laisse entrevoir Floricourt enchaîné.)

Fin du troisième Acte.

ACTE IV.

*Le théâtre représente la plaine de Ghizé, entre le Nil et
les pyramides ; celles-ci ne sont pas détachées du rideau ainsi que dans le commencement du troisième acte ; elles y sont
figurées à la distance d'une lieue environ de la scène ; on voit
pourtant la partie antérieure du rocher lybique qui est prati-
quable : la base des pyramides se trouve approximativement
au tiers de la hauteur de la scène. Le rocher, ainsi que la pente
qui y conduit, sur le côté droit du spectateur, présente plusieurs sentiers tortueux qui s'élèvent progressivement ; sur les
côtés latéraux, sont figurés des datiers, et des sycomores :
Au bas du rocher lybique, sur le côté gauche des spectateurs,
on apperçoit une portion du canal de la Bahiré, on voit un
fellah, ou paysan presque nud, qui puise de l'eau, à l'aide
d'une bascule, chargée d'une pierre d'un côté, et d'un sceau
de cuire de l'autre ; il est à cheval sur une rigole, et verse
sur un point plus élevé l'eau qu'il puise avec le sceau dans le
point inférieur.*

SCENE PREMIERE.

LE FELLAH, *qui puise de l'eau, chante les couplets suivans.*
Premier Couplet.

Quelle peine sans pareille !
L'eau n'allume aucun desir,
Si c'était jus de la treille
Yamma ! yamma ! quel plaisir.
I I
Pour l'orgueil et la richesse
Travailler soir et matin,
Pour autrui péner sans cesse
Yamma ! yamma ! quel chagrin !
I I I
Par son or, le riche brille,
Il jouit d'un doux loisir,
Il caresse femme et fille ;
Yamma ! yamma ! quel plaisir !
I I I I.
Nous naissons pour la souffrance
La plainte est notre refrein,
Sans vin et sans espérance
Yamma ! yamma ! quel chagrin !

SCENE II.

MOUSTAPHA, et un deuxième FELLAH.

MOUSTAPHA.

Qui t'a remis cette lettre ?

LE FELLAH.

C'est un Franc, que j'ai rencontré près du village d'Embabé ; il a fui après me l'avoir remise.

MOUSTAPHA.

Tu n'as pas couru après lui ?

LE FELLAH.

Il était monté.

MOUSTAPHA.

Il fallait crier.

LE FELLAH, *en montrant une bourse.*

Il m'a fermé la bouche.

MOUSTAPHA.

Cela est excusable. Est-tu sûr qu'Ibrahim , le kesnadar de Mourat, soit ainsi que tu l'as dit , dans ces environs ?

LE FELLAH.

Je l'ai vu dans la maison du Cannaïcan , avec l'escorte et les prisonniers qu'il a amenés ce matin.

MOUSTAPHA.

Va l'avertir de mon arrivée.

LE FELLAH.

Vous ne récompensez pas ma peine ?

MOUSTAPHA.

Tu as reçu de l'argent d'un infidèle ! rends grace à ma bonté , si je ne te fais une avanie.

LE FELLAH.

Je me sauve.   (*il sort.*)

MOUSTAPHA, *en lisant.*

Giorgino à Sidi Moustapha. Qui a pu me dire qu'il était mort ? « Giorgino vit encore : le ciel l'a conservé pour le sa-
» lut de Moustapha : que ce musulman apprenne que les
» Francs sont débarqués en grand nombre , et qu'ils avan-
» cent à marche forcée. Oh ciel ! ils ont été instruits par des
» émissaires que Moustapha possédait des énormes richesses.
» Sa maison et sa personne sont signalées. Je suis chargé de
» prévenir que si le moindre malheur arrive à Floricourt ou
» à Zanoubé, il perdra son argent et sa vie, que cet avis
» demeure secret. »

Je suis accablé. (*il s'assoit sur une pierre.*) J'avais bien prévu que ces démons de Francs. . . . .Nos braves se défendront.... Mais, à tout évènement, prenons des sages précautions.

IBRAHIM.

Je te salue, mon père.

MOUSTAPHA.

Salut sur toi, Ibrahim. J'ai a te parler d'affaires importantes.

IBRAHIM.

Ma valeur a recouvré ta fille et puni son ravisseur.

MOUSTAPHA.

Je sais que les infidèles marchent sur le Caire.

IBRAHIM.

Je le sais. Mourat m'ordonne de me rendre près de lui.

MOUSTAPHA.

Ecoute moi. Je ne doute pas du succès de nos armes. Le prophête a prononcé, de sa voix terrible, la destruction de nos ennemis ; mais accordons quelque chose à la prudence. Ma fille...

IBRAHIM.

Elle ne mérite plus ce nom. La loi la condamne, et Mourat tout puissant ne pourrait la sauver.

MOUSTAPHA, *après un instant de réflexion.*

Je conviens de ses torts ; mais le sort de cet infortunée est lié à celui du jeune français que tu as enfermé dans la pyramide. Crois-moi, délivre cet homme, confie-le avec Zanoubé à une forte garde, et attends l'issue des évènemens.

IBRAHIM.

Quoi ! tu pourrais croire....

MOUSTAPHA, *à l'oreille.*

Si les Infidèles sont battus, ta vengeance sera satisfaite. Jusques-la, gardons des ôtages qui peuvent être utiles : un homme mort ne vaut pas un moucheron qui respire.

IBRAHIM, *après un court silence.*

Je reconnais la sagesse de tes avis. Je confierai à ta surveillance les criminels ; mais ma garde méconnaîtrait tes ordres, si, par faiblesse, tu prétendais les sauver. Chizé n'est pas éloigné : je me rends chez Mourat, je serai bientôt de retour... (*il s'achemine et revient.*) Je suis tes conseils..... mais n'oublie pas que le signal de la victoire des Musulmans sera celui de la mort des coupables.   (*il sort.*)

MOUSLAPHA.

Cet homme est féroce... mais il est riche. Rien ne peut ba-
lancer un tel avantage, si toute fois ma fille... Que vois-je !
nos troupes se mettent déjà en marche !
(Un corps de mamelouks monte à cheval, défile sur le théâtre ; il sort
du côté gauche et rentre par le côté droit. Il est précédé par un
timballier ; une piéce de canon montée sur un affut à deux roues, et
traînée à bras au milieu de ce corps. Le canon est peint en vert et
en rouge ; leur drapeau est une bannière d'écuyer, c'est-à-dire nn
restangle, auquel on ajoute une pointe triangulaire, un corps d'A-
rabe à pied le suit. Chaque mamelouk est précédé par uu Saïs à
pied.

CHOEUR DE MAMELOUKS.
Hâtons nos pas, marchons, amis,
Combattons ces falanches guerrieres,
Dispersons des soldats téméraires,
Et terrasons nos ennemis.

MOUSTAPHA.

Ces braves nous promettent du succès ! mais cette mau-
dite lettre... Ibrahim ne se hâte pas de m'envoyer ses prisonniers... J'ai tant de magasins ! j'ai tant de débiteurs ! il
ne faudait qu'un instant pour perdre le fruit de tant d'an-
nées de travail.

SCENE III.

MOUSTAPHA, ZANOUBE, OUORDI, en-
suite FLORICOURT, *ils sont suivis d'une garde.*
ZANOUBÉ, *en se jetant au pieds de son père.*
Mon père !

MOUSTAPHA.

Je ne reconnais pas ma fille ! je l'abandonne à la sévérité
des lois.

OUORDI.

Ah ! seigneur.

MOUSTAPHA.

Et toi à qui j'avais confié le soin de veiller sa jeunesse ,
tu subiras son sort.

OUORDI.

Hélas ! j'ai été enlevée.
(On entend dans un grand éloignement le bruit du tambour, et quelques salves de mousqueterie, et des coups de canon.

MOUSTAPHA, *à part.*

Mes craintes augmentent à chaque instant ; j'entends un bruit qui présage un attaque. Ibrahim n'est pas encore de retour.

SCENE IV.

LE CHEICK, Arabe, *suivi de quelques arabes dont quelques-uns sont montés et d'autres suivent à pied.*

LE CHEÏCK, *en traversant le théâtre.*

Tu l'entends : accourons vers le lieu du combat, nous pillerons les vaincus.

OUORDI, *en criant avec vivacité.*

Soldats ! cet infâme nous était dévoué ; nous l'avons payé, il nous a trahi.

LE CHEÏCK, *faisant partir vivement son cheval.*

Vieille insensée ! d'autres m'ont payé plus cher. (*il sort.*)

SCENE V.

LES PRÉCÉDENS, ZANOUBE.

ZANOUBE, *en se jettant aux pieds de son père.*

Vous permettrez l'exécution d'une sentence barbare ?

MOUSTAPHA.

Nos loix sont inexorables.

ZANOUBE.

Ah ! songez à votre propre sûreté ! Si le sort des armes était contraire aux musulmans... si...

MOUSTAPHA.

Taisez vous. (*à part.*) Elle a deviné mon chagrin. (*haut.*) Voici l'auteur de votre infortune. (*en indiquant Floricourt qui arrive suivi d'une escorte.*) C'est à lui que vous devez des reproches.

ZANOUBE, *veut s'élancer vers lui, les soldats la retienne.*

Floricourt !

FLORICOURT.

J'ignore quel ordre m'a arraché à la mort la plus cruelle. Je le revoi encore, et mon sort est digne d'envie.

Ah ! bannit de ta mémoire
Un malheur trop passager !
L'amour doit comme la gloire
Augmenter dans le danger !

Il est quelque jouissance
Dans un triste souvenir !
Et la voix de l'espérance.
Embellit tout l'avenir.

MOUSTAPHA.

Cesse de l'outrager par des vœux indiscrets. Tu demeu-
res ici garant de notre victoire. Ton supplice est différé jusqu'à ce moment. Tu périras avec celle que tu as rendue ta
complice.

FLORICOURT.

Père dénaturé !

MOUSTAPHA.

Tes insultes seront punies ; voici Ibrahim, écoute ton
arrêt.

***

SCENE VI.

LES PRECEDENS, IBRAHIM.

IBRAHIM.

C'est Mourat lui-même qui l'a prononcé. Je dois de-
meurer ici pour garder la plaine ; et assurer la punition
des coupables. Que l'on attache au sommet du rocher cet
infidèle et les deux femmes. Le premier avis qui décidera
la victoire en faveur des musulmans, sera le signal de leur
mort : ils seront précipités dans le canal qui coule auprès
de cet endroit.

ZANOUBÉ.

Floricourt !

FLORICOURT.

Mon dernier soupir sera pour toi.

(Floricourt et Zanoubé essayent inutilement de se rapprocher. Les
soldats d'Ibrahim les éloignent à plusieurs reprises, et avec vio-
lence ; enfin ils sont entraînés avec Ouordi . et ils ront attachés à
une pierre que l'on apperçoit sur le sommet du rocher du côté gauche des spectateurs ; ce sommet est saillant , et son extrêmité plonge
dans le canal , ou le Tellah puisait de l'eau. Un Sycomore très-
bas couvre le canal par ses branches. La musique suit le mouvement.)

MOUSTAPHA, *donne quelques signes d'une affliction
profonde.*

Je ne puis contenir ma douleur. Si les Francs sont vaincus,
je perds ma fille ; s'ils sont vainqueurs , je perdrai mes
richesses ! affreuse incertitude ! Ibrahim !... mon fils !

I B R A H I'M.

Tu es faible, Moustapha ! mais écoute ! (*on entend
de nouveau le pas de charge dans le lointain avec quelques
salves de mousqueterie.*)

M O U S T A P H A.

Cela semble devenir sérieux. Songeons à notre sûreré.
(*il sort avec pricipitation, on entend le même bruit, il est plus
approché.*

I B R A H I M.

Femme déloyale ? vil étranger ! vous avez cru en feindre
inpunément des loix respectables. Le prophête a frappé
ce crime sans pareil. Votre mort n'est retardé que pour
augmenter vos souffrances. Les Francs , enfermés dans le
château du Caire , attendnet comme vous leur dernière
heure. (*le bruit augmente.*)

SCENE VII.
LE CHEICK ARABE.

Grandes , nouvelles Ibrahim ! les Francs sont dispersés !
je m'apprête à faire un riche butin.

I B R A H I M.

As-tu la certitude de ce fait ?

L E C H E I C K.

Mille Arabes me l'ont confirmé. Epuisés par une marche
fatigante , et par l'ardeur de notre climat , les Francs se traî-
naient lentement vers la capitale ; nos braves les ont attaqués
à Chebreik , tandis que d'autres troupes les combattaient
sur le Nil. Leurs barques ont été investies , leurs équipages
massacrés , et les débris d'une armée , qui combat par déses-
poir , seront bientôt anéantis.   (*le Cheik sort.*)

F L O R I C O U R T.

Quelle nouvelle accablante ! Zanoubé ! ma chère Zanoubé !

I B R A H I M.

Tu prononces pour la dernière fois son nom. Son sort est
arrêté ; tu seras immolé à la plus juste vengeance.

(Ibrahim tire son sabre et moute le rocher par les sentiers tortueux
qui sont sur la droite. A l'instant même on entend batre le pas de
charge à une grande proximité. La fusillade devient plus vive ; l'ar-

La bataille   F

tille augmente le bruit. Giorgino armé accourt à la hâte: il apperçoit Ibrahim qui monte le rocher : il monte après lui ; il a de la peine à le rejoinde. Ibrahim arrive près de Floricourt, il lève son sabre pour frapper, en s'écriant :)

IBRAHIM.

Meurs ! vil infidèle !

(*Giorgino s'élance et pare le coup. Ibrahim essaie de se défendre ; il est frappé par Giorgino, qui s'écrie.*)

GIORGINO.

Tu périras, malheureux !

(Ibrahim tombe sur les branches du sycomore. qui couvre le canal ; celles-ci se brisent sous le poids de son corps, et celui-ci, après avoir été un instant suspendu, tombe dans l'eau.)

Giorgino délivre Floriconrt, Zanoubé et Ouordi. Ils descendent du rocher.

Floricourt embrasse Oiorgino ; on soutient Zanoubé que l'on dépose avec Ouordi derrière un arbre)

ZANOUBÉ.

Ami courageux ! mon cœur ne suffit pas à la joie dont il est énivré.

FLORICOURT.

Mon cher Giorgino ! Eh quoi ! la défaite des Français ...

GIORGINO.

Est une fausse nouvelle répandue par l'ennemi, pour rappeler quelques fuyards au combat. Les Français avancent : ils sont précédés par la victoire.

FLORICOURT.

Méritons les bienfaits de la fortune ! que son inconstance ne jette pas celle que j'aime dans des dangers nouveaux. (*à Giorgino.*) Je confie Zanoubé à ton amitié : je cours rejoindre les Français. Nous avons beaucoup fait pour l'amour, osons tout pour la gloire.

(Le pas de charge et la fussillade continuent. Giorgino indique à Floricourt la direction qu'il faut prendre pour rejoindre les Français, et il se retire avec Zanoubé et Ouordi.)

(Un corps de mamelouks a cheval bat en retraite ; ils amènent une pièce de canon montée sur deux roues ; deux parmi eux se mettent en batterie dans la direction du côté droit du rocher. Au même instant des cannoniers Français traînent à la bricolé une pièce qu'ils mettent en batterie sur le sommet du rocher du côté droit. On tire quelques coups de part et d'autre. Un mamelouk est tué, et leur pièce battue en rouage est renversée. Les paysans en relèvent les

débris. La pièce française change de position , et est descendue
de la montagne par le côté opposé à celui des spectateurs.)
(Plusieurs mamelouk sortent en combattant contre des grenadiers
Français , après un combat acharné les mamelouks succombent. —
Le bruit du canon et du pas de charge continue. Un bataillon
Français paraît par le côté droit en marchant la bayonnettebaissée.
Il s'arrête , porte les armes , et défile sur le théâtre. On entend des
chevaux qui s'approchent , et les cris des musulmans. Ce bataillon
se forme en redan ayant le premier peloton de sa droite , qui est le
plus avancé, appuyé au rocher. Les mamelouks chargent ce bataillon : ils sont repoussés par une fusillade ; on les poursuit avec la
bayonnette. — Les gascons et les gazetiers anglais entrent en recu-
lant devant quelques grenadiers qui leur présentent la crosse de
leurs fusils.)
(Un grouppe d'Arabes et de paysans armés leurs succèdent : ils s'en-
fuient dans différentes directions , et expriment par leurs gestes la
terreur dont ils sont pénétrées.)
(Un bataillon quarré de Français précédé par des tambours , et la
musique militaire fait différentes évolutions , et développe son
front. Enfin il défile par sa droite ayant en tête une pièce d'artillerie
traînée à la bricole.—Un aide de camp du général en chef arrive à
cheval ; il est suivi d'une foule de matelots , et de femmes françaises ; on amène près de lui plusieurs cheïks de village.L'aide-de-
camp met pied à terre , il va au-devant de Zanoubé , et Floricourt
qui entrent suivis de Ouordi , et Giorgino.)

L'AIDE DE CAMP.

Approchez , amans infortunés ; vous méritez le bonheur
qui suivra de si grands dangers. Soyez unis et reconnaissez
la main bienfaisante qui apporte la félicité dans ces contrées.
(*Aux Cheicks et aux paysans.*) Oui ! peuple d'Egypte , ce
ne sont pas des ennemis qui vous imposent un joug , ce sont
des Français qui viennent vous délivrer de celui dont vous
fûtes accablés ! vos lois, vos mœurs seront sacrés pour eux.
Délivrés d'une tyrannie barbare , donnez vos soins à l'agri-
culture, aux arts qui trouvèrent ici leur berceau ! qu'une
joie sincère rapproche des nations dont nous avons toujours
voulu le bonheur.
(Floricourt, Zanoubé, Giorgino et Ouordi embrassent l'aide-de-
camp : des cris de joie s'élèvent de tout côté. La musique accompagne ce mouvement.)

Et vous , soldats , qui bravâtes le froid de la Germanie
comme l'ardeur des régions de l'Afrique , goûtez quelque
repos : vous avez bien mérité de celui qui vous mène à la

victoire ; un tel prix est votre plus douce récompense. Rassemblez vos armes en faisceaux : que le reste du jour soit consacré à l'allégresse et à la reconnaissance.

(Les soldats Français forment plusieurs faisceaux d'armes sur les deux côtés de la scène. Un drapeau est placé au milieu de chaque faisceau.)

(Les femmes françaises qui ont suivi l'armée , et quelques matelots Français forment une danse. Elles apportent des tringles sur lesquelles s'élève un chiffre figuré sur la lettre B , et qui est formé de branches de lauriers-rose. On enfonce des tringles dans le sol , et on forme par leurs dispositions différens tableaux. — Des grouppes de soldats grecs , et de marchands khoptes s'entremêlent aux danseurs précédens. Les paysans Arabes arrivent accompagnés d'almées. Ils apportent des coffres remplis de grappes de dattes , et de branches d'orangers. Ils les placent en festons sur les arbres environnans.)

Chœur de Français et d'Arabes.

{
Livrez-vous à l'espérence
Eivrons-nous à l'espérance,
Habitans de ces climats ,
Le bonheur et l'abondance
Vont renaître sur nos pas.

(Au bruit d'une musique réligieuse un vaste nuage chargé de génies descend du ciel. La portion du globe terrestre, occupée par l'Europe paraît sous le nuage , et dans une étendue qui occupe la largeur totale de la scène. Les nuées se développent. On apperçoit *l'espérance* appuyée sur son ancre.—L'abondance, et le génie du courage sont à ses côtés. Les Français et les Egyptiens se prosternent devant elle.)

L'ESPÉRANCE.

Un héros bienfaisant fameux par mille exploits,
Paraîtra pour remplir sa hause destinée :
Ildonnera lapaix à l'Europe étonnée   ,
Peuple de l'univers reconnaissez ma voix,

(Des voix accompagnées par des harpes se font entendre dans la partie supérieure de la scène.)

Cœur de Génies.

Que vos chants se fassent entendre,
Dressez de nouveaux autels !
Un héros puissant va descendre
Du séjour des immortels !

FRANÇAIS, EGYPTIENS.

Que nos chants se fassent entendre,
Dressons de nouveaux autels ;
Un héros puissant va descendre
Du séjour des immortels.

(Tandis que l'on chante le dernier couplet, l'Abondance et le génie du Courage quittent le nuage , et forment une danse de caractère accompagnée par le chant. Ils arrachent des palmes aux arbres environnans. Ils les présentent sous le chiffre, et les génies répandus sur différens point de la scène en offrent en même tems un très-grand nombre. --- Les danses continuent ; elles sont alternées par les génies , et les quadrilles des différentes nations qui occcupent la scène ; mais ces danses sont interrompue par un coup de tonnerre. Les tambours battent le roulement. La troupe prend précipitamment les armes , et se range sur les deux côtés du théâtre. Les lumières qui éclairent le nuage disparaîssent. On apperçoit tout-à-coup le chiffre placé au milieu du nuage étincelant de feux brillans. Les peuples d'Egypte et les Français forment un tableau qui exprime l'admiration et la joie ; la troupe présente les armes et la toile tombe.

F I N.